AF292096

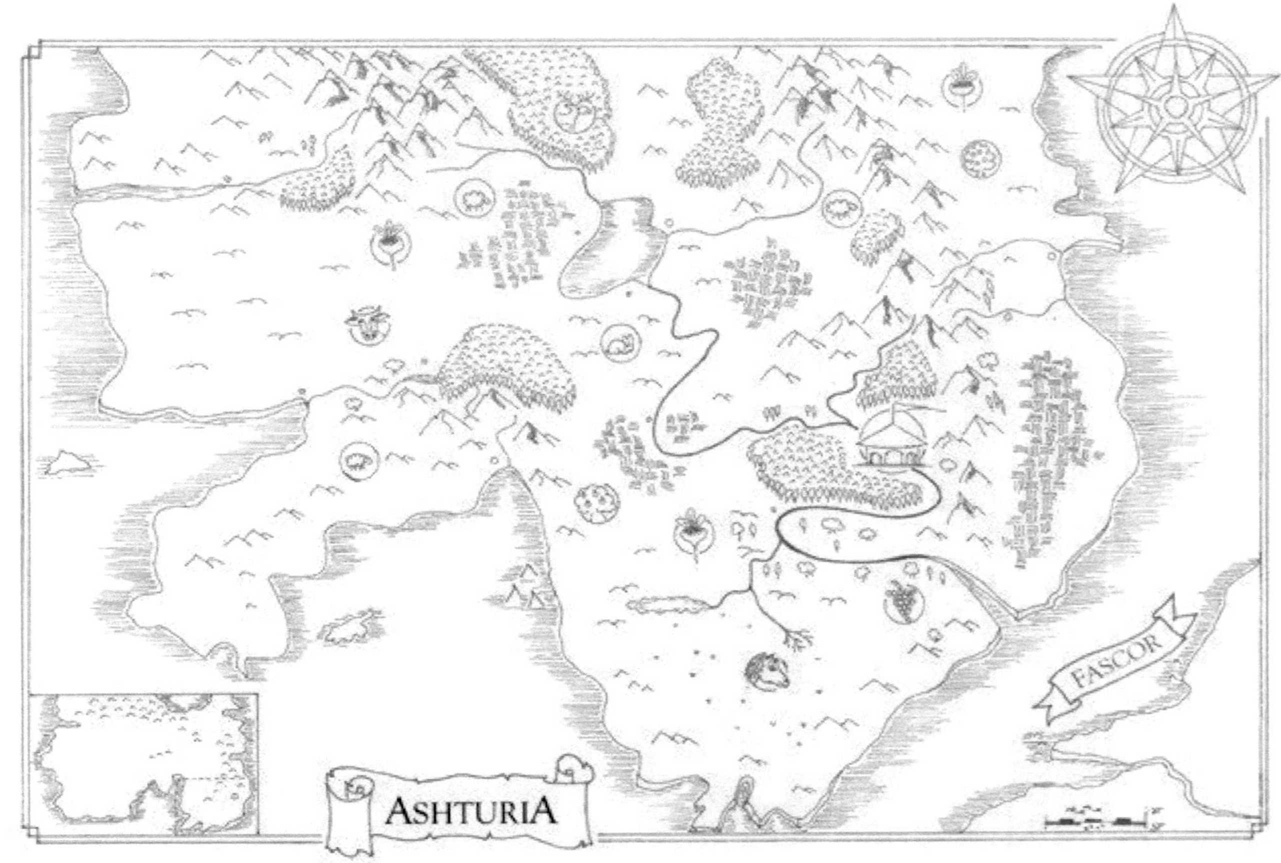

ASHTURIA
FASCOR

GESCHICHTEN AUS ASHTURIA

TALES OF TRINA

NAOMI HUBER

Lektorat & Korrektorat: Elja Janus, www.elja-janus.de
Coverdesign: Katharina Hoppe, www.limes-design.com
Verlag: BoD · Books on Demand GmbH, In de Tarpen 42,
22848 Norderstedt, bod@bod.de
Druck: Libri Plureos GmbH, Friedensallee 273, 22763 Hamburg

Erstauflage 2025
ISBN: 978-3-7578-5442-3

Dieser Roman thematisiert unter anderem folgende sensible Inhalte:
Verletzung, Blut, Einsamkeit, Tod und eine Drachin.

Gewidmet all jenen,
die dem Zauber des Anfangs vertrauen.

Und ganz besonders Roya.

Zitternd schloss Trina die Augen, ließ vorsichtig die Luft aus der Lunge strömen und öffnete sie wieder. Noch immer graste die Hirschkuh ruhig auf der Lichtung.

Trina wusste, dass das Tier weit weg war, fast zu weit weg. Aber sie kauerte hinter dem letzten bisschen Deckung, die der Saum des Waldes bot. Näher kam sie nicht heran.

Diese Hirschkuh war das erste Tier, dem sie in diesen Wäldern begegnete, das würdig gewesen wäre, als Trophäe vorgelegt zu werden. Also sperrte sie ihre Aufregung weg, zog den Bogen noch einen Hauch stärker auf und löste die Spannung ihrer Finger.

Das misstönige Geräusch der Sehne vernichtete all ihre Hoffnung, noch bevor sie beobachtete, wie der Pfeil sein Ziel nicht dort traf, wo sie ihn hingeschickt hatte. Statt den Brustkorb zu durchschlagen und dem Tier einen schnellen Tod zu bescheren, bohrte sich der Pfeil in die Eingeweide der Hirschkuh.

Mit einem kurzen, entsetzten Schmerzlaut zuckte das Tier zusammen und riss den Kopf hoch und für einen Moment kniff Trina gequält die Augen zusammen, ehe sie sich wieder dem Anblick dessen stellte, was sie angerichtet hatte. Beim ersten Schritt schien ein Hinterbein der Hirschkuh nachzugeben, doch dann floh sie in den lichten Wald.

»Verdammt«, fluchte Trina, bevor sie wisperte: »Das tut mir so leid.«

Sie sprang auf und lief hinterher, so schnell sie konnte.

Sie hätte nicht leiden dürfen, dachte sie und sprang über eine Wurzel. *Es ist schon genug, dass sie für mich sterben sollte. Dass sie jetzt solche Qualen ausstehen muss ...* »Verdammt!«, wiederholte sie.

Äste, die sich bewegten, zeigten Trina den Weg, auch zertretene Farnwedel oder Blutspuren, die auf Blättern im Sonnenlicht glänzten.

Während sie dem verwundeten Wild nachhastete, fraß sich Enttäuschung in sie hinein. In den letzten Jahren hatte sie auf der Jagd die Tiere immer sofort tödlich getroffen. Lag es an ihrer Erschöpfung, dass sie verfehlt hatte? War sie unachtsam gewesen? Ihre Scham schmeckte gallig auf der Zunge. Ausgerechnet jetzt hatte sie versagt. Und wegen ihres Scheiterns litt die Hirschkuh Qualen.

Aber Selbstvorwürfe halfen nicht. Also rannte Trina weiter, wie ihr die Zeit davonrannte.

Heute war der achte Tag der Prüfung. Der achte von zehn.

Und Trina tat genau das, was sie am allerersten Tag auch getan hatte. Sie rannte. Sicher, sie hatte jetzt eine potenzielle Trophäe, die sie verfolgte, aber es kam ihr vor, als wäre sie kein Stück weitergekommen auf dem Weg, die Herrschaft des Landes für sich zu gewinnen, um ihrem Volk zu dienen. So wie ihr Vater.

Die Muskeln in ihren Beinen brannten fast genauso unbarmherzig wie jeder Atemzug. Ihr Puls hämmerte in ihren Ohren. Viel zu schnell und viel zu laut.

Trina wusste, dass sie in keiner guten Verfassung war. In den letzten acht Tagen hatte sie zu wenig getrunken und zu wenig gegessen.

Auch deswegen war die Hirschkuh so wichtig. Damit diese Prüfung endlich vorüber war, und zwar erfolgreich. Damit sie heimkehren konnte.

In einer schmalen Zunge schob sich der Wald zwischen Lichtungen und öffnete sich zu einer leicht abschüssigen Wiese hin.

Resigniert blieb Trina stehen und fluchte leise. Sie hatte die Spur verloren, und so verzweifelt sie sich auch umsah, so genau sie auch die Meter um sich herum durchkämmte, konnte sie keine abgeknickten Pflanzen oder verräterischen Tropfen mehr finden.

Verletzte Tiere suchen Deckung, hörte sie die Stimme ihres Vaters wie ein Echo der Vergangenheit in ihren Gedanken. Ohne zu zögern, wandte sie sich nach links und lief weiter. Von rechts war sie gekommen, es gab nur eine Richtung, in der die Hirschkuh Deckung fand.

Nachdem sie bereits eine Zeit lang einem Wildpfad gefolgt war, ohne frische Spuren zu finden, schob sie nun zögernd ein paar Büsche auseinander.

Trina schnaufte und erinnerte sich daran, nicht durch den Mund zu atmen. Der Geruch des verletzten Tieres zog ihr in die Nase und sofort hielt sie inne. Oft genug war sie mit den Jägerinnen unterwegs gewesen, sie wusste, was sie roch. Der Schweiß des schmerzgepeinigten Tieres vermischte sich mit seiner herben Witterung. Auch ein Hauch des frischen Blutes lag in der klaren Luft. *Sie ist nicht weit weg.* Trina senkte den Blick, ohne den Kopf zu bewegen. Einige Schritte voraus schimmerte Feuchtigkeit auf den dunkelgrünen Blättern der niedrigen Sträucher.

Das arme Ding, dachte Trina, während ihr Herz in einer chaotischen Mischung aus Mitleid und Pflichtbewusstsein polterte. *Ich werde ihr ein schnelles Ende schenken.* Ihre Kehle fühlte sich an wie ausgetrockneter Waldboden, als sie schluckte, und ihre Gedanken jagten in einem Strudel aus Verzweiflung und Angst. *Ich muss die Prüfung bestehen. Ich muss einfach!* In ihrem Inneren hallten ihre Worte wider und wider und wider. Alles, worauf sie hingearbeitet hatte, alles, was sie sein wollte, hing an diesem einen Moment.

Behutsam drückte sie die Haselstaude beiseite, drehte ihren Bogen und fasste ihn fester. Dann fischte sie nach dem letzten Pfeil im Köcher, duckte sich und legte ihn an. Vorsichtig setzte sie ihre Schritte zwischen tote Zweige und trockene Tannenzapfen am Boden.

Eine Windböe schlug ihr entgegen. Wie dankbar sie war, dass er ihren Geruch von dem Tier fernhielt. Sie umrundete einen übermannsgroßen Stein und erstarrte. Zwischen den kniehohen

Nadelbäumchen lag die Hirschkuh. Trinas Herz krampfte sich zusammen, als sie sah, wie das Tier litt. Mit offenem Maul keuchte es, das Blut der Verletzung färbte das weiße Fell am Bauch und zog sich als eingetrocknete Spur über den ganzen Hinterlauf.

»Verzeih mir bitte«, wisperte Trina beinahe lautlos und spannte den Bogen.

Die Ohren der Hirschkuh zuckten, aber nicht in ihre Richtung. In dem winzigen Augenblick, in dem Trina ihren letzten Pfeil losließ, schoss das verletzte Tier auf und setzte mit panischen, unregelmäßigen Sprüngen über die Wipfel der Nadelbäumchen hinweg. Mit einem endgültigen, hellen Splittern krachte der Pfeil auf einen Stein zwischen den jungen Bäumen.

Wie betäubt verharrte Trina, ihr Atem stockte. Ein leichtes Beben erfasste ihre Hände, als sie auf die zerfetzten Überreste ihres letzten Pfeils starrte. Die Wut über ihr Versagen brannte auf ihren Wangen und bohrte sich in ihr Fleisch wie ein glühender Dorn. Alles, wofür sie trainiert hatte, alles, was sie ausmachte – es verging jetzt mit diesem einzigen gescheiterten Schuss.

»Nein, nein, das darf nicht sein!« Die Worte kamen als heiseres Flüstern über ihre Lippen.

Da hörte Trina es auch. Ein trauriges, lang gezogenes Heulen. Der Wind trug es mit sich wie eine dunkle Ahnung dessen, was kommen würde. Ein kalter Schauer jagte ihr über den Rücken und sie riss entsetzt die Augen auf. Wölfe! Sie hatten die Fährte aufgenommen. Ohne zu überlegen, stürmte Trina dem Tier hinterher.

Wären die Wölfe schneller bei der Hirschkuh, wäre alles vorbei. Und nur das scharfe Gefühl des Scheiterns würde ihr bleiben. Das konnte sie nicht zulassen. Sie musste es schaffen. *Irgendetwas wird mir einfallen*, dachte sie, und es war ein verzweifeltes Versprechen an sich selbst.

Am Rande ihrer Kräfte war Trina eigentlich schon vor einigen Stunden angekommen. Jetzt trieb sie nur noch ihr unnachgiebiger Wille an.

Seit fünf Jahren bereitete sie sich auf diese Prüfung vor.

Fünf Jahre hartes Training und damit auch Verletzungen, Entbehrungen und Schmerzen. Doch nichts, wirklich nichts auf dieser Welt hatte die Qualen der Wunde übertroffen, die ihr damals ins Herz gerissen worden war. Die den Anfang des Weges bedeutet hatte, dessen erste Meter sie bereits mit elf Jahren hatte bestreiten müssen.

Fünf Jahre. Doch noch immer keine Kruste auf dem tiefsten aller Schnitte.

Ihre Hände zitterten, als sie sich im Moos des Waldes abstützte.

Die Erinnerung an diesen Abend überrannte sie mit all ihrer Wucht und zwang sie in die Knie.

Der Garten wirkte geradezu eigenartig friedlich dafür, dass dort diese beiden Körper am Boden lagen. Mit leise rumorender Angst blickte Trina sich um, ging dann jedoch langsam darauf zu. Ihre Angst wurde lauter und ihre Schritte wurden schneller, bis sie rannte. Und dann ruckartig verharrte. Ihr eigenes Keuchen trieb ihr Galle in den Rachen.

Ihr Vater war der Erste, den sie erkannte, obwohl er teilweise von Rovan, einem seiner Berater, verdeckt war. Dessen aschfahles Gesicht war ihr zugewandt. Regungslos lagen die beiden Männer in der Dämmerung.

»Papa? Papa!«

Sie bekam keine Antwort und augenblicklich schlug die Angst in Panik um. Mit zittrigen Händen packte sie Rovan an der Kleidung und versuchte, ihn von ihrem Vater zu zerren. Er rutschte nur ein wenig zur Seite, doch Trina konnte nun das Gesicht ihres Vaters sehen. Die tote Leere in seinen Augen. Und wie er die Hand seines Beraters umklammerte, die den Dolch tief in seinen Brustkorb drückte.

Trina konnte nur fassungslos auf das Unfassbare starren.

»Papa«, krächzte sie heiser.

Bjars Hemd war blutdurchtränkt, und als sie mit bebenden Fingern über seine blassen Wangen strich, waren sie kalt. Sie rüttelte an ihm, aber vergeblich. Hektisch fühlte sie an der dicken Ader am Hals nach seinem Puls, doch in ihren Fingerspitzen vibrierte nur das Echo ihres eigenen Herzschlags.

»Papa, nein«, hauchte sie verzweifelt und hob den Kopf.

»Wulff!«, schrie sie, so laut sie konnte, denn die einzige Hilfe lag jenseits der Gartenmauern.

Überfordert sah sie sich um auf der Suche nach Hoffnung ... und erstarrte.

Nur wenige Schritte hinter den beiden Männern lag ihre Mutter, halb verborgen vom Schatten eines Strauches. Die mittlerweile deutliche Rundung ihres Bauches hob sich gegen das Licht der Dämmerung ab.

»Mama«, keuchte Trina und bemühte sich, auf die Füße zu kommen, doch ihre Knie gaben nach. Zitternd schleppte sie sich auf Händen und Knien vorwärts. Ihre Fingerspitzen berührten die dunkle Pfütze, die sich um Lunna herum gebildet hatte. Trina schnappte nach Luft, drängte den beißenden, galligen Geschmack im Mund zurück und starrte mit aufgerissenen Augen ihre Mutter an. Die Klinge hatte unzählige tiefe, klaffende Wunden gerissen, sie hatte alles Leben in diesem Körper auslöschen wollen.

Plötzlich rang Lunna kraftlos um Luft. Sie lebte. Es war ein Wunder, aber sie lebte.

»Mama«, flüsterte Trina hektisch und ergriff ihre blutverschmierte Hand. »Alles wird gut.« So verzweifelt, wie sie sich an die Hand ihrer Mutter klammerte, krallte sie sich an den Funken Hoffnung. »Alwaaaa!«, schrie sie im nächsten Moment aus Leibeskräften in den kleinen Garten hinaus, um dann ihrer Mutter leise Mut zuzureden. »Die Jägerin kommt gleich. Du wirst sehen, alles wird gut.« Sie wünschte nur, ihre Stimme würde nicht beben wie ein Damm, der zu brechen und alles zermalmend mit sich zu reißen drohte. Wieder brüllte sie: »Hilfe! Ich brauche Hilfe!«

Ihre Mutter verzog matt die Lippen, eine Träne kullerte aus einem ihrer Augenwinkel.

»Du musst nur durchhalten, Mama, sie kommen gleich.«

Trina zerrte an ihrem Schultertuch und presste es auf die vielen blutenden Stellen an Bauch und Brustkorb ihrer Mutter. »Alwa! Hilfe!« Sie hörte selbst, wie abgrundtief verloren sie klang. Warum bloß kam ihr niemand zur Rettung?

»Ich muss nur die Blutung stoppen«, wisperte sie sich selbst Mut zu. Dann würde alles gut werden.

Ihre Hände zitterten unkontrolliert. Blutverschmiert.

Nur die Blutung stoppen.

»Hilfe! Alwa! Wulff!«

Dann würde alles gut werden.

»Sie kommen gleich, Mama. Sie kommen gleich. Dann wird alles gut. Alles wird gut.«

Lunna umfing entkräftet Trinas Hand. Sie war so blass. Ihre Lippen waren farblos, als sie mit flachen Atemzügen flüsterte. »Trina. Liebes.«

Eilig beugte Trina sich zu ihr hinunter und bemerkte das dünne Rinnsal, das aus dem Mundwinkel ihrer Mutter floss. Lunna hechelte abgehackt. Ein eisiger Griff schloss sich um Trinas Herz und quetschte es gnadenlos zusammen. Das hier durfte nicht geschehen.

»Alwaaa! Ich brauche Hilfe!«, schrie sie verzweifelt.

Wo blieben die Heilerinnen?

»Trina.« Mit spürbarer Dringlichkeit drückte ihre Mutter ihre Hand. »Haare. Niemals. Hörst du?«

Für einen Moment starrte Trina sie irritiert an. Wie konnte sie gerade jetzt erneut damit anfangen? Unzählige Male hatte sie sie darum gebeten. Und doch ... »Nein, Mama, ich schneide sie nicht ab«, wisperte Trina erstickt und kauerte sich neben ihrer Mutter zusammen.

»Niemals?« Lunnas Lippen konnten das Wort kaum formen.

»Nein, Mama, niemals. Ich verspreche es.«

Das hechelnde Atemholen stockte. Der Griff um Trinas Finger wurde locker.

»Nein, Mama, nein! Sie sind doch fast schon da. Nein!« Panisch drückte sie die Hand ihrer Mutter, rüttelte an ihrer Schulter. »Mama!« Ihre Machtlosigkeit explodierte in ihrem Inneren und raubte ihr den Atem. »Mama!«

Ein Schatten legte sich auf Lunnas Gesicht. Der Funke in den Augen ihrer Mutter wurde matt. Und erlosch.

Und ein Teil von Trina ging für immer mit ihm fort.

Das Moos unter ihren Händen und Knien war nass und kalt und es holte Trina in das Hier und Jetzt zurück, ohne dass der schmerzhafte Nachhall ihrer Vergangenheit verklang.

Keuchend hob sie den Kopf, konnte vor Tränen kaum etwas sehen. Mit dem schmutzigen Ärmel der Tunika rieb sie sich über das Gesicht und ächzte kraftlos.

Wie jeden einzelnen Tag der letzten fünf Jahre atmete Trina tief ein. Der Schmerz war ein kreischend peinigender Begleiter, der sie niemals vergessen ließ, was sie verloren hatte.

Ihre Eltern lebten in ihrem Herzen und ihren Erinnerungen weiter – wenigstens dort. Doch das Wissen allein reichte nicht, um die klaffende Wunde zu schließen, die sie hinterlassen hatten.

Trina atmete aus, langsam und bemüht, den Schmerz auf ein erträgliches Maß hinabzuzwingen.

Es musste gehen. Es musste einfach.

Ein weiterer Atemzug und sie erinnerte sich daran, warum sie noch kämpfte. Sie hatte die Möglichkeit, das Andenken ihrer Eltern zu ehren – durch die Prüfung zur Königswürde.

Und sie hatte ein Tier verletzt und schuldete ihm einen schnellen Tod. Ihrem Clan, den Jägerinnen und Kriegern, die sie ausgebildet hatten, schuldete sie, bis zum letzten Atemzug zu kämpfen und alles zu geben, um die Prüfung für sich zu entscheiden.

Mit einem entschlossenen Nicken straffte Trina die Schultern. Sie band die vor Schmutz starrenden Haare straff zurück und richtete den Dolch an ihrer Seite. Sobald sie sich auf die Füße gekämpft hatte, zitterten die Muskeln in ihren Beinen geschunden, aber sie zwang sich, Schritt um Schritt zu tun.

Den Spuren des verletzten Tieres folgte sie, so schnell ihr
ausgelaugter Körper sie nur tragen konnte. Über knorrige Wurzeln
und helle Lichtungen, durch Dickichte und an großen Felsblöcken
vorbei. Schritt für Schritt, Stunde um Stunde.

10

Nur einen Steinwurf von ihr entfernt stand die Hirschkuh vor Erschöpfung schwankend da, mit gesenktem Kopf und geblähten Nüstern.

Besäße sie einen Speer, hätte sie das Tier von hier aus erlösen können. Oder mit einem Pfeil.

Sie hatte keines von beidem.

»Verflucht«, zischte sie kaum hörbar.

Mit großen Augen sah die Hirschkuh ihr dabei zu, wie sie sich an einen Baumstamm lehnte, sie schnaufte ebenso abgehetzt wie Trina. Sie litten beide, wenn auch auf so unterschiedliche Weise. Dann zog Trina entschlossen ihren Dolch aus der Scheide. Der Tod war zum Greifen nahe und es war Zeit für das Ende.

Und dann heulte ein Wolf, bedrohlich und so viel näher als zuvor, und die Hirschkuh hinkte davon.

Die Antwort eines Rudels auf das Heulen ließ sie neue Kraft finden, mit tauben Beinen stolperte sie dem Tier hinterher.

Vereinzelte Pfützen wurden zahlreicher und auch tiefer, der Boden verwandelte sich in Matsch, sodass sie viel zu langsam vorwärtskam. Auf einem flechtenüberwucherten Stein blieb Trina stehen, ihre Stiefel waren schon nass. Sie ließ den Blick über das offenere Gelände streifen und entdeckte die Hirschkuh nur wenige Dutzend Schritte entfernt, matt und verletzlich, aber immer noch auf den Beinen.

»Ein Sumpf also«, flüsterte sie und atmete die abgestandene, modrige Luft ein. »Aber ich kann dich nicht entkommen lassen«, sagte sie zu dem Tier, das schon wieder aus ihrem Blickfeld verschwand, zog einen Stiefel aus und schlüpfte aus dem Strumpf. Sie war sich durchaus im Klaren, dass die Hirschkuh sie nicht verstand. »Ich muss doch Königin werden.« Sie wischte die Sohle des Stiefels sorgsam am Moos ab, ehe sie ihn in ihrem Bündel verstaute. »Mit einem Hirsch kann ich die Prüfung vielleicht für mich entscheiden, weißt du«, murmelte Trina, zog den anderen Stiefel und Strumpf aus und packte sie ebenso ein. »Es tut mir wirklich leid, dass ich dich nur verletzt habe, ehrlich. Das hast du nicht verdient. Aber jetzt fressen dich entweder die Wölfe oder ich bringe dich zum Lager.« Sie zog die Riemen ihres Beutels über die Schultern. Ihr Magen knurrte, lauter als je zuvor. »Wir würden dich auch essen. Aber wenigstens wärst du tot, bevor das geschieht. Wäre das nicht ein anzunehmender Vorteil?«

Die Hirschkuh war wohl anderer Meinung. Zwischen Steinen und Sträuchern, die Trina die Sicht versperrten, hörte sie ihr Stapfen im Matsch.

Ihre ersten Schritte trafen noch trockenen Untergrund, doch dann wurde es nass. Schlamm quoll zwischen ihren Zehen hervor. Gut, dass sie die Stiefel ausgezogen hatte. Der Sumpf würde sie ruinieren.

Trina sank tiefer im Schlamm ein, deswegen wählte sie ihren Weg über größere Grasbüschel oder abgestorbene Baumstümpfe, alles, was ihr Halt bot. Trotzdem steckte sie immer wieder bis zu den Knien im Matsch und kämpfte sich weiter.

Jeder Schritt kostete viel Kraft und auch Zeit – und sie hatte weder von dem einem noch von dem anderen genug. Ihr Magen knurrte erneut, ihre Muskeln stöhnten, und auch wenn die Wölfe nicht mehr heulten, waren sie da draußen. Trina wusste nicht, wie viele es waren oder wo sie sich aufhielten, verborgen in den Schatten der Bäume oder hinter langen Büscheln des Sumpfgrases kauernd. Aber mit jedem Augenblick, der verstrich, wurde es gefährlicher. Die Zeit arbeitete gegen sie. Jede Sekunde, die sie hier verschwendete, war eine Sekunde, die der Hirschkuh mehr Vorsprung gab oder den Wölfen erlaubte, näher zu kommen. Ächzend schob sie ihr Bein über eine vermoderte Wurzel. Sobald sie es belastete, sackte Trina ein gutes Stück ab und steckte nun bis zur Hüfte im Dreck. Das kalte, zähe Erdreich zog an ihr, aber solange sie sich befreien konnte, machte sie sich keine Sorgen um das Moor. Verbissen schluckte sie die blumigen Flüche hinunter, bevor sie über ihre Lippen kamen. Mit den nackten Füßen suchte sie nach Halt und stemmte sich hoch. Sie richtete sich auf, rutschte aus und fiel der Länge nach hin, ohne sich mit den Händen abfangen zu können. Der Aufprall dröhnte in ihrem Kopf. Trina riss das Gesicht sofort aus dem Matsch hoch und spuckte den blutigen Speichel aus. Wäre gerade nicht der ungünstigste Zeitpunkt der Welt, hätte sie vielleicht sogar gelacht. Aber jetzt hatte sie weder Zeit noch Geduld dafür. Stattdessen drückte sie behutsam mit der Zunge gegen jeden einzelnen Zahn, während sie sich eilig auf die Ellbogen stemmte.

Erleichtert atmete sie auf, als sie merkte, dass sie sich wohl nur die Zunge aufgebissen hatte, und rappelte sich hoch. Dabei trat sie erneut tief in das matschige Erdreich, doch ihr Ballen fand einen Widerstand und Trina versuchte, aufzustehen.

Sobald sie das Gewicht auf das rechte Bein verlagerte, explodierte dort ein stechender Schmerz, der bis in ihre Knochen drang. Der gequälte Schrei hallte über den Schlamm, ehe sich Trina laut fluchend zur Seite wälzte und ihr Bein aus dem Sumpf zog.

An irgendetwas hatte sie sich den Fuß verletzt, es tat weh, als hätte sie sich den großen Zeh abgehackt. Sie traute sich kaum, hinzusehen, geschweige denn, den Matsch abzuwischen. Doch ihr blieb keine andere Wahl, solange sie nicht bereit war, aufzugeben. Und dazu würde sie es nicht kommen lassen.

Vorn klebte der Schlamm an Trinas Kleidung, an den Armen, ihrem Gesicht und sogar in ihren Haaren. Also wischte sie zuerst ihre Hände notdürftig aneinander ab und kratzte anschließend mit immer noch schmutzigen Händen den torfigen Dreck aus ihrem Gesicht. Sie war nicht sauber, nicht einmal annähernd, aber zumindest konnte sie wieder sehen.

Hoffentlich hat mich niemand gehört, dachte sie und ließ den Blick suchend über das Moor streifen. Nicht nur die Wölfe streunten da draußen umher. Auch die Männer, die wie sie zur Prüfung angetreten waren, hielten sich womöglich noch in den Wäldern auf. Trina kannte ihre Gegner zwar, aber wer von ihnen zu einem Mord fähig wäre, um die Prüfung für sich zu entscheiden, konnte und wollte sie sich nicht vorstellen. Auf jeden Fall war es notwendig, auf der Hut zu sein.

Mit einem unterdrückten Wimmern hob sie nun ihr Bein. Fast schon widerwillig, denn sie wollte die schmerzhafte Wahrheit nicht betrachten. Ein tiefer Schnitt zerfurchte den vorderen Bereich ihres rechten Fußes. Er blutete zwar genug, um Verschmutzungen aus der Wunde zu spülen, doch allein der Gedanke, genauer hinzuschauen, schnürte ihr die Kehle zu. Trina schluckte schwer und wappnete sich, bevor sie den verletzten Fuß auf das linke Knie zog, um ihn zu inspizieren. Und tatsächlich: Der Anblick, der sich ihr bot, bestätigte ihre schlimmsten Befürchtungen. Trina kniff Augen und Lippen zusammen. Ohne Frage war dies eine Verletzung, die sie davon abhalten würde, ihren bedeutendsten Wunsch weiterzuverfolgen. Tief holte sie Luft, ehe sie die Lider wieder hob.

Die durchtrennten Muskeln bildeten einen schrecklichen Kontrast zu dem dunkelbraunen Matsch, der sie teilweise bedeckte, und die Sehnenstümpfe leuchteten weiß in all dem Blut. Trinas Unterlippe zitterte, während ihr Fuß unaufhörlich pochte. Eine donnernde Welle aus Enttäuschung und Frustration brach über sie herein, erschlug sie fast und presste ihr für einen Moment den Atem aus der Lunge. Sie japste nach Luft und redete sich hastig ein, das Schwindelgefühl läge ausschließlich an der Überanstrengung. Oder am Schmerz. Doch wenn sie ehrlich war, wusste sie, dass ihr nur eines die Sinne vernebelte: dass ihr Traum von der Königswürde in unerreichbare Ferne gerückt war.

Ihre ganze Welt und all das harte Training, jede Hoffnung darauf, eines Tages Bjars Vermächtnis gerecht zu werden, zerbröselte unter ihr und drohte wegzubrechen.

Trina zwang sich, sich auf den Zorn zu konzentrieren, ihre letzte Rettung vor dem Sog der Verzweiflung.

Was hast du nur für einen dummen, schmerzhaften Fehler gemacht, schimpfte sie stumm.

Missmutig starrte Trina in den tiefen Abdruck, den ihr Bein im Morast hinterlassen hatte. Sie musste wenigstens wissen, was sie verletzt hatte. Trübes Wasser sammelte sich am Boden des Loches. Irgendeine Rundung schimmerte im Tageslicht, kaum zu erkennen.

Grimmige Neugier regte sich in ihr. *Dreckig bin ich sowieso,* dachte sie und schob sich ein wenig vor, um nach unten zu greifen.

Sie streckte sich, obwohl ihr verletzter Fuß bei jeder Bewegung schmerzte, und befühlte skeptisch die Oberfläche des gewölbten Gegenstands. Dort waren glatte Kanten, aber sie wirkten überraschend stumpf. Dann jedoch wischte sie vorsichtig mit den Fingern in die andere Richtung und spürte einen rauen Widerstand unter den Kuppen, jene gefährliche Schärfe, die sie von gut geschliffenen Messerklingen kannte. Sofort zog Trina die Hand von dem Ding zurück. Sie sah sich um und fand sogar in Griffweite, was sie suchte. Mit einem Stock bohrte sie finster entschlossen in dem Loch, lockerte und löste, was dort unten feststeckte.

»Hm«, machte sie und mit einer geschickten Bewegung holte sie das Objekt vorsichtig aus dem schmatzenden Sumpf herauf.

Rutschig war es und so groß wie der Kopf eines Neugeborenen. Und rot.

Nein, stellte sie dann mit einem leisen Schaudern fest. *Es ist nicht rot, sondern blutig.* Trina säuberte die Oberfläche grob an ihrem Oberschenkel, darauf bedacht, nicht gegen den Strich zu wischen. Und stutzte. Nie zuvor hatte sie etwas Vergleichbares gesehen.

Das rundliche Ding wurde von daumengroßen, fein gezackten Schuppen umschlossen. Jede einzelne von ihnen war schwarz, fein gemasert und heimtückisch scharf. Mit der Stockspitze kratzte sie die klebrige Erde aus den Zwischenräumen.

An der Stelle, die sich in ihr Fleisch gebohrt hatte, war ihr Blut zwischen diese Schuppen gekrochen. Allein bei dem Gedanken flammte das Pochen wieder in dem Schnitt auf. Für einen Moment musste Trina die Augen schließen und die freie Hand zur Faust ballen, um den wirbelnden Schmerz zu kontrollieren. Erst als sie wieder klar denken konnte, konzentrierte sie sich erneut auf das Fundstück.

Ganz nahe vor ihr Gesicht hielt Trina das Ding, das an einen dicken Tannenzapfen erinnerte, und überlegte, was es nur sein konnte. Sie schüttelte es vorsichtig, um sich nicht auch noch die Hände zu zerschneiden.

»Schwer genug wärst du ja, um aus Stein gehauen zu sein«, grübelte sie leise vor sich hinmurmelnd. »Aber du fühlst dich nicht an wie Stein. Bist du vielleicht ein Ei?«

Mit einem überforderten Seufzen ließ sie die Hände sinken. Was auch immer es war, sie musste sich eingestehen, dass sie hier nichts mehr ausrichten konnte. Die Jagd war verloren. Geradezu alles war verloren. Das bittere Ziehen in ihrer Brust erinnerte sie daran, wie viel auf dem Spiel stand.

Umständlich drehte sie sich um und zog sich aus dem Sumpfloch. Bei der Bewegung hämmerte ihr Fuß, dass es sie viel Beherrschung kostete, nicht ein weiteres Mal aufzuschreien. Sie musste endlich ihre Wunde versorgen. Suchend sah sie sich um. Trina barg das rätselhafte Ding in ihrer Armbeuge und kroch auf den Knien in Richtung eines zotteligen Nadelbaumes, der sich an einen großen Felsbrocken klammerte. Die Wurzeln umschlossen den einzelnen Findling, als wollten sie ihn nie wieder hergeben. Unter dem dadurch entstandenen Vorsprung würde sie ein bisschen Schutz finden.

Mit dem Baum vor Augen bemühte sie sich, ihren kreischenden Ballen für einen Moment auszublenden. Trina klammerte sich an einen Gedanken, der ihr zumindest ein wenig Ablenkung bot. Die Laufvögel im Süden legten riesige Eier, hatte sie gehört. Und wenn dies hier eines war ...

Verwundert neigte sie den Kopf. Fühlte es sich nicht an, als wäre das Ding etwas wärmer? Doch dann machte sie sich klar, dass das keinerlei Sinn ergab. Ihre Finger waren bestimmt nur kalt von dem Schlamm, der langsam trocknete.

Am Felsbrocken angekommen, zog sie sich daran hoch, stets darauf bedacht, bloß nicht mit rechts aufzutreten. Die wild wuchernden, verdorrten Äste des windgepeitschten Baumes brach sie auf einem Bein stehend ab. Ihr Fuß blutete dabei stetig und brachte sie beinahe um den Verstand.

Auch wenn ihr die Anstrengung zu schaffen machte, hatte sie kurz darauf zumindest einen Lagerplatz geschaffen und gleichzeitig Feuerholz. Und Feuer brauchte sie, um Wasser abzukochen und die Wunde zu versorgen.

Trina beugte sich vor und schüttelte energisch den Kopf, unzählige Nadeln waren auf sie herabgerieselt und juckten in ihren zerzausten Haaren. Sofort schwankte der Boden unter ihr, sodass sie hektisch nach der Sicherheit des Steines griff. Nur widerwillig legte sich der Schwindel, ließ sich aber nicht ganz besänftigen.

Das brennende Graben in ihrem Magen erinnerte sie daran, dass ihre letzte Mahlzeit aus nur zwei oder drei Handvoll Erdbeeren bestanden hatte und schon viel zu lange zurücklag. Während Trina sich langsam bückte und mit beiden Händen trockenes Moos und Zweige beiseiteschob, um die Feuerstelle vorzubereiten, war ihr Mund ebenso ausgedörrt wie diese Stelle unter den tiefhängenden Ästen, die nie Regen sah. Auf dem Staub unter den toten Nadeln lagen die Blutstropfen einen Moment lang wie kleine Perlen, bevor sie gierig aufgesaugt wurden.

Die Wunde an ihrem Fuß brannte mittlerweile, als stünde sie bis zum Knie in Flammen. Bebend atmete Trina ein. Hoffentlich hatte die arme Hirschkuh eine deutliche Spur für die Wölfe hinterlassen und die Raubtiere konnten ihren Hunger an ihr stillen.

Bevor sie mich hier finden, dachte sie und schüttelte sich unter dem Schauer, der ihren Rücken hinunterlief.

Hastig richtete sie eine sichere Feuerstelle ein, damit sie nicht gleich den ganzen Baum in Brand steckte. Sie fand einige Steine nahe dem großen Felsbrocken und legte sie um die flache Kuhle, die sie eben freigelegt hatte. Ihre Hände zitterten dabei leicht. War es die Erschöpfung, der Hunger oder einfach die nackte Angst, was an ihr nagte? Sie biss die Zähne zusammen und griff nach ihrem Bündel. Mit dem kleinen Stück Feuereisen rieb sie über den Rücken ihres Dolches, um die Schneide nicht in Mitleidenschaft zu ziehen. Die trockenen Äste fingen sofort Feuer und Trina ließ sich müde auf den Boden sinken. Jeder Fingerbreit ihres Körpers schrie nach Ruhe, Nahrung und Wasser.

Vorsichtig lagerte sie den pochenden Fuß anders, fand aber keine Position, in der der Schnitt nicht unerträglich brannte.

In den tiefen Spuren im Matsch hatte sich Wasser gesammelt, das sie dringend für die Wundversorgung benötigte. Und so arbeitete sich Trina auf Händen und Knien Stück für Stück dorthin vor, schöpfte die braune Flüssigkeit mit dem metallenen Kännchen heraus und ließ sie aufkochen, um alle Keime abzutöten. Sobald das heiße Wasser sie nicht mehr verbrannte, begann sie, mit nassen Fingern die Wunde zu säubern. Ein Blitz zuckte durch ihren ganzen Körper, als wären ihre Finger glühende Löffel, die das geschundene Fleisch abschälten. Das gepeinigte Aufstöhnen konnte sie nicht so unterdrücken wie die unzähligen Verwünschungen, die in ihrer ausgetrockneten Kehle steckten.

Trina hielt den Atem an und presste die Zähne so fest aufeinander, dass ihr Kiefer knackte. Sie musste weitermachen. Mit zitternden Fingern wischte sie den Schmutz um die Verletzung herum von ihrer Fußsohle und betrachtete die klaffende Wunde. Diese Schuppen hatten zugleich gerissen und geschnitten und sich so tief in ihren Fuß gegraben.

Es war ihr nicht möglich, die Gedanken, die in ihrem Kopf randalierten, länger zu ignorieren. Obwohl sie wusste, dass das Bestehen der Prüfung in unerreichbare Ferne gerückt war, konnte ihr Herz das nicht akzeptieren, noch nicht. In das erdrückende Gefühl, zu versagen und alles zu verraten, woran sie geglaubt hatte, mischte sich bodenlose Verzweiflung.

Ich dachte, ich könnte Vaters Tod wenigstens einen Hauch der Sinnlosigkeit nehmen, wenn ich ihm auf den Thron folgen würde. Tränen stiegen in ihre Augen und Trina ließ den Kopf an den Felsen in ihrem Rücken sinken.

Hinter ihr lag eine der härtesten Ausbildungen, die je einem Clanmitglied zuteilgeworden war. Es hatte nur ein einziges Ziel für sie gegeben. Und keine Alternative.

Mit einem gequälten Laut streckte sie sich nach dem Wasserkännchen, kroch zu ihren Spuren im Sumpf und befüllte es erneut. Anschließend wusch sie sich Hände und Gesicht und auch ihren unverletzten Fuß mit dem wenigen Wasser in dem Loch. Dann stellte sie das Kännchen ins Feuer und schlüpfte mit dem halbwegs sauberen Fuß in Strumpf und Stiefel, ehe sie das Gefäß aus den Flammen holte.

Gierig schlürfte sie das brackige Wasser, kaum dass es ihr die Lippen nicht mehr verbrühte. Nach dem ersten Schluck schüttelte sie sich angewidert, es schmeckte schlammig und abgestanden. Aber sie brauchte dringend Flüssigkeit, deswegen trank sie weiter.

Einen der dürren Äste brach sie in kleinere Stücke, flimmernde Punkte tanzten dabei vor ihren Augen. Beunruhigt wischte Trina sich über die Stirn und legte das Holz auf die Glut.

Das Reinigen, Verbinden und Hochlagern einer Verletzung sollte vor allem anderen erledigt werden, rief sie sich Alwas Worte in Erinnerung.

Sie befüllte das Metallkännchen ein weiteres Mal und überlegte, womit sie die Wunde verbinden sollte, während sie darauf wartete, dass das Wasser kochte. Ihre Kleidung stand vor Dreck und hatte sich in den letzten acht Tagen mit Schweiß vollgesaugt. Nichts davon war als Verbandsmaterial zu gebrauchen. Sie begutachtete ihren Beutel, aber auch das dicke Gewebe war rundherum fleckig und schmutzig. Also spülte sie die Verletzung und hoffte das Beste.

Das Wasser war nur noch warm, als sie es über den Fuß schüttete, aber in der offenen Wunde brannte es wie Alkohol. Mit klopfendem Herzen und schweißnasser Stirn klemmte Trina die Lippen zwischen die Zähne, um nicht aufzuschreien. Innerlich fluchte sie allerdings, was das Zeug hielt.

Noch einmal kochte sie Wasser ab und trank die widerliche Brühe. Dabei fiel ihr Blick auf die seltsame schuppige Kugel hinter ihrem Bündel.

»Weißt du was?«, nuschelte Trina kraftlos. »Wenn du ein Ei bist, werde ich dich essen.« Und so rollte sie das schwarze Ding in die flache Kuhle, in der das kleine Feuer zu einem Gluthaufen zusammengesackt war, und legte ein paar Stöcke auf. »Wenn du ein Stein bist, hältst du wenigstens die Wärme. Das soll mir auch recht sein, es wird kalt heute Nacht.«

Mit einem Schulterzucken rutschte Trina erschöpft zur Seite und legte den Kopf auf den Unterarm. Sie musste sich ausruhen. Es dämmerte noch nicht und so war das flackernde Licht des kleinen Feuers zu schwach, um ihr Lager an die Prüfungsgegner zu verraten. Trina überlegte, wann sie das letzte Wolfsheulen gehört hatte. Es war schon eine Weile her, vielleicht hatten sie die Hirschkuh bereits erlegt.

Die Wunde pochte und fühlte sich geschwollen an.

Hoffentlich entzündet sie sich nicht, war ihr letzter Gedanke, bevor der Schlaf sie in wirre Träume stürzte.

Ein Geräusch ließ sie aus dem Schlaf hochschrecken. Augenblicklich war Trina mit gezücktem Dolch auf den Füßen und bereute ihre schnelle Reaktion sofort. Nur mit Mühe konnte sie einen Schrei unterdrücken und entlastete das verletzte Bein. Konzentriert ließ sie den Blick die Umgebung entlangwandern. Rund um sie war stockdunkle Nacht, nur das tieforange Glimmen der glühenden Holzreste spendete ein klein wenig Licht.

Wenn die Wölfe hier herumschleichen, hält sie vielleicht ein Feuer fern. Wachsam beobachtete sie die Schwärze jenseits der Glut, zerbrach schnell einen Ast und warf ihn in die rauchende Feuerstelle. *Aber wenn es einer der Männer ist, die zur Prüfung angetreten sind ...* Sie ballte die linke Hand zur Faust und fasste mit der rechten das Heft des Dolches so fest, dass ihre Knöchel knackten. *Wenn es einer der Männer ist, will ich sehen, wer versucht, mich aufzuhalten.* Den Gedanken, dass einer der Gegner sie vielleicht umbringen statt nur aufhalten wollte, verdrängte sie sofort.

Die Flammen erwachten schnell wieder zum Leben, das Licht breitete sich aus und schimmerte auf der Klinge ihrer Waffe.

Aufmerksam lauschte Trina und spähte in der Dunkelheit nach Reflexionen in den Augen wilder Tiere.

Das Knistern des mickrigen Feuerchens war eintönig und der Rauch zog ihr ins Gesicht. Plötzlich fuhr Trina zusammen.

Da ist es wieder! Dieses Geräusch von vorhin. Jetzt hatte sie es deutlicher gehört. Ein Streifen im Gras, das ihr einen Schauer über den Nacken trieb.

Hoffentlich war es nur irgendein Tier. Ein Rivale der Prüfung wäre in ihrem Zustand fatal.

Wieder hörte sie, wie etwas durchs Gras schlich. Aber selbst, wenn sie den Atem anhielt, konnte sie nicht ausmachen, aus welcher Richtung es kam.

Trina ging in die Hocke. Vielleicht könnte sie ihren Angreifer zu Boden werfen, wenn sie sich mit einem Bein hochstemmte.

Dann erstarrte sie. Die Spitzen der Grashalme auf der anderen Seite des Feuers zuckten.

Ihr Puls hämmerte wie wild in ihren Ohren, sie umklammerte den Griff ihrer Klinge fest entschlossen.

Der Ast im Feuer brannte hell, Trina konnte deutlich sehen, wie sich die Halme bewegten. Nun spiegelten sich die Flammen in den Augen eines Tieres, dicht am Boden hielt es sich.

Es kauert sich zum Angriff nieder, ging es ihr durch den Kopf.

Die Bewegung im hüfthohen Gras kam näher und näher, Trina konnte kaum atmen vor Angst. Bis es ihr so nahe war, dass sie es besser erkannte – und auch, dass es nicht kauern musste, um sich so dicht über dem Boden zu bewegen.

Das winzige schwarze Tier legte den Kopf schief und hielt inne.

»Was ...?« Dann fehlten Trina die Worte.

Vorsichtig kam sie aus der hockenden Haltung hoch und verlagerte das Gewicht auf ihr unverletztes Bein. Verwirrt schluckte sie und gaffte. Anders hätte man das fassungslose Starren wohl nicht bezeichnen können.

Das Tier war ungefähr so groß wie ein Kätzchen und sah sie auch so neugierig an, wie es Katzen tun. Es zögerte, kam dann aber einige Schritte näher. Trina besann sich auf ihre Waffe und streckte sie trotzig vor.

Mit glänzenden Knopfaugen beobachtete das Wesen sie.

Das kurze Schnäuzchen passte eher zu einem Hund. Aber welchem Tier sie die unförmigen Wucherungen am gedrungenen Leib des schwarzen Etwas zuordnen sollte, wusste Trina nicht.

»Was ... was bist du bloß?«, wisperte Trina.

Es legte den Kopf auf die andere Seite und tapste einen weiteren Schritt näher.

»*Was bin ich denn?*«, hörte Trina plötzlich eine Stimme.

Keuchend sah sie sich um, suchte verzweifelt die Quelle und wich humpelnd an den Felsen zurück.

Das Tier schien den Abstand nicht vergrößern zu wollen, vielmehr kam es noch näher heran und sah dabei mit großen Augen zu Trina auf. Da verloren die kleinen Pfoten den Halt und es rutschte in die Feuergrube.

Trina machte einen Satz nach vorn, so gut es einbeinig ging. Selbst wenn sie nicht wusste, was das war, qualvoll verbrennen sollte das Tier auch nicht.

Noch während sie sich abstützte, um das Wesen mit dem Stiefel aus den Flammen zu treten, kroch es zu Trinas Erstaunen daraus hervor.

Es räkelte und schüttelte sich, als wäre es nur ein wenig nass geworden. Dabei verhedderte es sich in etwas, stolperte und rappelte sich auf. Das schwarze, mit schimmernden Schuppen bedeckte Tierchen drehte sich tapsig im Kreis, offenbar in dem wieder und wieder misslingenden Versuch, auf seinen eigenen Rücken zu sehen.

Flügel! Fassungslos starrte Trina das Wesen an. *Es hat Flügel auf dem Rücken.*

»*Flügel?*«, fragte die fremde Stimme überrascht. Eine fremde Stimme, klar und deutlich, obwohl niemand in der Nähe war. Eine fremde Stimme ... in ihrem Kopf. Trina stockte der Atem. Das konnte nicht sein. Gänsehaut lief ihr den Rücken hinab und für einen Moment glaubte sie, den Verstand zu verlieren. Beklemmung kroch in ihr hoch, während sie das kleine Wesen anstarrte. Das setzte sich auf sein Hinterteil und blickte sie aus unschuldigen Augen an.

»*Ist das nicht fantastisch? Hast du auch welche?*«, fragte es, als gäbe es nichts Seltsames daran, mit ihr zu sprechen, noch dazu, ohne das Maul zu öffnen.

Trina ließ sich aus der hockenden Haltung zu Boden plumpsen. Die Erde unter ihr war kühl. Und ganz wirklich. Die Stimme, dieses

Tier ... Das war nicht wirklich. Das konnte einfach nicht sein. Trina klammerte sich an das, was vernünftig und logisch klang. Und weil das Wesen sie mit fragendem Blick weiterhin ansah, schloss sie die Augen, um sich konzentrieren zu können.

Ihr Fuß hatte sich ganz schlimm entzündet. Das war das Naheliegendste, denn sauber war die Wunde bei Weitem nicht. Außerdem klopfte und brannte die Verletzung immer noch höllisch. Der Gedanke, dass es das Wesen tatsächlich gab und es zu ihr sprach, war absurd. Ganz eindeutig halluzinierte sie im Fieberwahn. Trina versuchte, die Besorgnis nicht zu beachten, doch innerhalb zweier Atemzüge steigerte sie sich zur Panik. Wenn sie jetzt schon fantasierte, würde sie hier im Sumpf sterben.

Sie riss die Augen auf. *So weit wird es sicher nicht kommen!*

Irgendwie musste sie gegen diese Entzündung ankämpfen, sie eindämmen, beherrschen und niederringen. Sie straffte sich entschlossen. Kämpfen konnte sie.

Angestrengt überlegte sie und traute ihren eigenen Gedanken dabei kaum. Wie erwachte man aus einem Fiebertraum? Eine Idee erschien ihr ziemlich gut. *Was, wenn ich die Wunde ausbrenne?*

Doch dazu war es wahrscheinlich schon zu spät.

»Eine Wunde? Du bist verwundet?«, fragte die Stimme und das Tier war nun so nahe, dass sie im Feuerschein das Grün seiner großen Augen ausmachen konnte.

»Ja«, antwortete Trina, obwohl sie sich doch sicher war, dass da gar nichts war, nur sie und ihr keineswegs klarer Verstand. »Ich habe mich geschnitten. An einem ...« Ihr Blick streifte das Feuer und blieb dann irritiert daran hängen. »Wo ist dieser Stein hin?«

Die scharfkantige Kugel lag nicht mehr im Feuer und auch um den Steinkreis herum konnte sie sie nicht entdecken.

Das Tierchen hustete eine kleine, rußige Wolke aus.

»Das bin dann wohl ich.«

Verzweifelt rieb sich Trina mit der freien Hand über die Augen. Doch der Stein blieb verschwunden, während das Tier sie erwartungsvoll ansah, nachdem es ihr doch ein Geheimnis verraten hatte.

Wie nur erwacht man aus einem Fiebertraum?, fragte sie sich erneut und mit noch lauterer Hilflosigkeit.

Wieder hob sie ihre Hand, dieses Mal aber schlug sie sich kräftig ins Gesicht. Doch so weh es auch tat, dieser Albtraum blieb an ihr kleben wie frisches Baumharz. Nachdenklich kaute sie auf der Lippe und rieb sich dabei die glühend heiße Wange.

Was, wenn ich den Schnitt wirklich ausbrenne? Dann wache ich bestimmt auf. Entschlossen beugte Trina sich vor, um ihren Dolch in die Glut zu schieben.

»Halt! Hör sofort auf damit«, erklang die fremde Stimme jetzt nicht nur in ihrem Kopf hörbar und das kleine Tier sprang mit einem tollkühnen Satz auf ihren Schoß.

Trina schreckte zurück und riss die Hände abwehrend hoch. Der Dolch fiel zu Boden.

»Ich lasse nicht zu, dass du dir solche Schmerzen zufügst.« Wackelig stand es auf seinen kleinen, weichen Pfoten auf Trinas knochigen Beinen. Mit Bestimmtheit drückten sie sich in Trinas Haut. Das wenige Gewicht auf ihrem Schoß ... es war so *wirklich*.

»Du ...« Trina fand keine Worte.

»Ich bin ein Drache«, sagte es, ohne Frage felsenfest davon überzeugt, die Wahrheit zu sagen. Jetzt, da sie sie auch mit ihren Ohren wahrnahm, fühlte sie das Sanfte in der Stimme, das zutiefst Vertrauenserweckende. Sie vibrierte in Trinas Brust und breitete sich darin aus wie warmer Honig.

Dennoch schüttelte Trina den Kopf. Das war einfach nicht möglich. *Drachen gibt es nicht. Drachen gibt es nicht. Drachen gibt es nicht*, wiederholte sie stumm, aber eindringlich, um ihr letztes bisschen klaren Verstand vor dem Fieber zu schützen.

Vorsichtig, damit er nicht abrutschte, suchte der angebliche Drache einen besseren Platz. Mit Nachdruck hockte er sich auf ihren Oberschenkel und sah wieder zu Trina auf.

»Natürlich gibt es Drachen«, widersprach das Wesen nicht weniger energisch. »Du hast mich doch selbst ausgebrütet.«

Trina räusperte sich, plötzlich war ihre Kehle trocken.

»Ich habe ... was?«, krächzte sie.

»Du hast das Ei in Blut getränkt, im Feuer temperiert und den Bund geschmiedet. Ich finde es schön, dass du mich erweckt hast und nicht ein stinkender, grobschlächtiger Auftragsmörder.« Das schwarze Tierchen rümpfte die Nase. »Obwohl du schon etwas streng riechst.«

Trina sah an sich hinunter und dann in die wachen Knopfaugen des ... Drachen.

»Ich habe mich doch nur geschnitten«, sagte sie überfordert.

»Du hast das Ei in Blut getränkt«, beharrte der Drache.

»Ausgerutscht bin ich. Und im Morast fast versunken. Beim Versuch, mich freizukämpfen, habe ich mir den Fuß verletzt.«

»Das hast du erwähnt«, nuschelte das Drachending und betrachtete neugierig ihre nackten Zehen. »Kann ich mir das einmal ansehen?«, fragte es und balancierte schon über das Schienbein zum Knöchel.

»Du wirst mich doch nicht fressen?«

Warum bleibe ich so gelassen? Geht es dem Ende entgegen mit mir? Sterbe ich schon langsam dahin? Unauffällig schob sie ihren Dolch griffbereit neben sich.

»So ein Blödsinn!« Der kleine Drache hopste von ihrem Bein und betrachtete Trinas Fuß. »Es ist bestimmt verwirrend, aber der Bund zwischen uns ist stark.«

Das Tier verzog die Lippen. Trina hätte gern gewusst, ob das ein Lächeln sein sollte.

»Was meinst du mit dem *Bund*?«, fragte sie stattdessen.

Der Drache streckte den Kopf an ihren Zehen vorbei. So vorlaut er zuvor gewirkt hatte, so ruhig und voller Wärme erschien er jetzt. Er war sanft, fast liebevoll, als könnte er ihre Ängste und Zweifel mit einem einzigen Blick beruhigen. Eine alte, unerschütterliche Weisheit sprach aus seinen funkelnden Augen. Und während sie immer wieder das Gefühl einholte, dass ihr die Zeit durch die Finger rann, war es, als hätte er alle Zeit der Welt, um zu erklären, sie zu verstehen und ihr Halt zu geben.

»Na, der Bund zwischen uns. Du hast nicht nur das Ei ausgebrütet, du hast zwischen dir und mir eine ganz besondere Verbindung geschaffen. Ich wäre nicht der gleiche Drache ohne dich.« Dann hörte Trina diese sanfte Stimme nur noch in ihren Gedanken: »*Aber wir und unsere Schicksale sind auf eine ganz besondere Weise miteinander verwoben.*«

Unverhofft leckte der kleine Drache über den tiefen Schnitt an ihrem Fuß und hinterließ ein grauenvolles Brennen.

Erschrocken schrie Trina auf und riss ihr Bein hoch.

»Au! Das tut verdammt weh, lass das«, zischte sie.

Das Drachentierchen sah sie verwirrt an. »Willst du denn nicht, dass es verheilt?«

»Doch, natürlich!«, knurrte Trina und zog ihren Fuß auf den Oberschenkel.

»Dann lass mich dir helfen.«

»Was?«

Mit dem Schnäuzchen deutete der Drache auf die Verletzung.

»Es heilt mit Drachenspucke.«

»Ja, genau.« Trina lachte sarkastisch. »Woher willst du das wissen?«

Behutsam drehte sie den Fuß in das zuckende Licht des Feuers. Ihr Blick ruckte ungläubig von der Verletzung zu dem Drachen und wieder zurück. Der Schnitt sah nicht mehr so schlimm aus wie Augenblicke vorher.

Das bildest du dir nur ein, meldete sich ihr Verstand.

»Drachen wissen das eben«, erklärte das schwarze Tier geduldig. »Das ist nur eine kleine Wunde, du könntest der Heilung buchstäblich zusehen – würdest du sie mich ordentlich sauber lecken lassen.«

Der Drache kam näher und sprang ganz selbstverständlich auf Trinas Knie. Beinahe wäre er abgerutscht, doch plötzlich hielt er sich mit winzigen, messerscharfen Krallen fest.

»Au!«, machte Trina empört, aber das Tier schnaubte nur und tapste auf ihr herum, bis es direkt vor der Verletzung saß.

Einen Moment verharrte es mit fragendem Blick.

Unsicher und überwältigt hob Trina die Schultern, als könnte diese kleine Bewegung ihre Ratlosigkeit überspielen. Für den Drachen schien es genug Antwort zu sein, denn er nickte und begann. Die Zunge war winzig, und als das Tier die Wunde von außen nach innen hin ableckte, kitzelte es.

»Es tut nicht mehr weh«, stellte Trina äußerst erstaunt fest.

Tatsächlich verschwand der rote Rand an den Außenseiten der Verletzung, die Haut schloss sich langsam. Trina blieb der Mund offen stehen.

Der Drache kicherte verhalten und rieb anschließend die Schnute an ihren Zehen.

Es dauerte eine ganze Weile, bis Trina sich gefangen hatte. Das schwarze Tier hockte derweil auf ihrem Oberschenkel und betrachtete sie.

Das Chaos in Trinas Kopf wollte sich nicht beruhigen lassen, ein Sturm aus Gedanken und Gefühlen tobte in ihr und drohte, sie auseinanderzureißen.

Sterbe ich an der Infektion hier im Sumpf? Ganz allein? Wer wird mich finden? Was wird Alwa von mir denken? So eine Schmach. Hatte ich überhaupt eine Chance, die Prüfung zu bestehen? Wäre Mama stolz auf mich? Ich verliere den Verstand. Ich bilde mir einen Drachen ein. Ihr Blick fiel auf den zartrosa Strich, der sich über ihren Fuß zog. Da, wo noch Momente zuvor eine klaffende Wunde geschmerzt hatte.

Aber was, wenn das hier wahr ist?, keimte ganz zarte Hoffnung.

Eilig fischte Trina Strumpf und Stiefel aus ihrem Beutel und schlüpfte hinein. Das Tierchen sprang dazu von ihrem Bein und hinterließ einen warmen Abdruck, der sich unerklärlich vertraut anfühlte. *Was, wenn das hier echt ist?* Konnte sie wagen, es zu glauben?

»Woher weißt du das alles?«, fragte Trina erneut und beobachtete, wie der kleine schwarze Drache wieder auf ihren Schoß kletterte und sich zusammenrollte. »Du bist doch gerade erst geschlüpft, oder nicht?«

Nachdenklich schürzte der Drache die Lippen, es sah so komisch aus, dass Trina wohl gelacht hätte, wenn sie nicht so heillos überfordert gewesen wäre.

»Das ist eine gute Frage. Keine Ahnung, woher ich das weiß. Ich weiß es einfach.« Mit glänzend grünen Knopfaugen sah er Trina an. »Drachen sind sehr weise.«

Winzige, weiße Zähne schimmerten im Feuerschein, das Drachenlachen klang rauchig. Trina lächelte ein wenig unbeholfen.

»Wie heißt du, Mädchen?«, erkundigte sich das Tier.

»Mein Name ist Trina«, antwortete sie und streckte zögernd eine Hand nach dem schwarzen Körper aus. »Darf ich dich anfassen?«

»Ich habe deine dreckigen Zehen abgelutscht, da habe ich mir ein paar Streicheleinheiten wohl verdient, nicht wahr?«

Behutsam strich Trina über die Schuppen. Auch wenn sie im Feuerschein wie nass glänzten, fühlten sie sich trocken und warm an.

»Hast du auch einen Namen?«, fragte Trina und streichelte über das zarte Rückgrat zwischen den Flügeln.

Flügel ... So ganz konnte sie es noch immer nicht glauben.

»Fecyre«, erklang die Stimme in ihrem Kopf.

»Fecyre. Das ist ein schöner Name für ein...« Trina zögerte, sie wollte das Tier nicht beleidigen.

»... für eine Drachin«, ergänzte das Tier und schloss die Augen genießend.

Trina streichelte weiter über die kleine Drachin. Sie war zwar müde, aber nicht mehr ganz so ausgelaugt und erschöpft wie in der Dämmerung.

Fecyre machte ein regelmäßiges Geräusch und Trina war unsicher, ob es ein Schnurren oder Schnarchen war.

Eine Drachin. Neugierig betrachtete sie das Tier auf ihrem Schoß. Sie hatte immer gedacht, Drachen gehörten wie Seeungeheuer und Mida nur in Märchen, die von den Alten erzählt wurden, um sich die Aufmerksamkeit der Kinder zu sichern. Außerdem hatte sie sich diese Wesen immer sehr viel größer und monströser vorgestellt, wenn sie zugelassen hatte, dass ihre Gedanken den Worten der Alten in das Reich der Fantasie gefolgt waren.

Fecyres schnurrendes Schnarchen machte sie schläfrig, Trina lehnte sich an den Felsen, ihre Augen wurden schwer und schließlich konnte sie nicht mehr gegen die Verlockung des Schlafes ankämpfen.

Ihr war kalt. Als sie die Augen aufschlug, dämmerte es schon und verhaltenes Vogelgezwitscher hallte durch die Bäume. Mit einem Ruck setzte sie sich auf, ihr Magen knurrte zur Begrüßung laut.

Von dem kleinen schwarzen Tier, der Drachin, war nichts zu sehen. Ein bisschen enttäuscht seufzte Trina. Sie hatte irgendwie doch gehofft, dass es wahr gewesen wäre. Dann musste sie lächeln.

Jetzt bist du fast siebzehn und glaubst immer noch an Märchen.

Als ihr Blick zur Feuerstelle glitt und dabei ihre Füße streifte, erstarrte sie. Sie trug beide Stiefel.

Sie hatte doch nicht im Fieberwahn den Stiefel angezogen? Schon der Gedanke, wie schmerzhaft es werden würde, den entzündeten Fuß da wieder herauszubekommen, ließ sie erschaudern. Rasch schüttelte sie das ängstliche Unbehagen ab und bewegte ihre kalten Muskeln, bevor sie vorsichtig aufstand. Entgegen ihrer Erwartung pochte der Fuß nicht und das Leder hatte sich auch nicht mit Blut vollgesaugt. Mit dem Po lehnte Trina sich gegen den Felsen und hob den Fuß an.

»Also dann«, flüsterte sie, schloss die zitternden Hände um ihren Stiefel, wappnete sich und zog behutsam daran.

Es tat nicht weh. Trotzdem wagte sie kaum, hinzusehen, während sie auch den Strumpf auszog. Doch ihre Zehen waren sauber, wohl als Einziges an ihr. Und der Schnitt ... war weg.

Ungläubig starrte sie auf die unversehrte Haut und rutschte zu Boden, den Fuß noch mit beiden Händen umklammert. Sie konnte keinen klaren Gedanken fassen.

»Ah, du bist wach.«

Erschrocken riss Trina sofort den Kopf nach oben, von wo die Stimme kam. Die schwarze Drachin saß halb verborgen von Schatten und dichten Zweigen des Baumes auf dem Felsbrocken und blickte auf sie herunter.

Alles war wahr.

»Nicht erschrecken, ich bin es doch nur«, sagte Fecyre versöhnlich, kämpfte sich durch die verfilzten Äste und purzelte mehr vom Stein, als dass sie davon heruntersprang.

Ungläubig schluckte Trina und beobachtete die Drachin dabei, wie sie es sich auf ihren Beinen bequem machte.

Fecyre begutachtete den nackten Fuß.

»Das ist wirklich schön verheilt. Ich hatte schon befürchtet, ich hätte zu viel versprochen.«

»Ja, es ist verheilt.« Vielleicht konnte Trina es glauben, wenn sie es aussprach? »Dank deiner ...« Dass die Spucke der Drachin sie geheilt hatte, wollte sie gern vergessen. »Dank dir«, sagte sie deswegen und strich über die Schuppen am Rücken.

Gedankenverloren genoss Trina die Wärme des Tieres und seine Gesellschaft. Bis sie überrascht innehielt.

Fecyre hatte kaum noch Platz auf ihrem Schoß. *Wie nur kann sie so schnell ein solch gewaltiges Stück größer geworden sein?*

»Ja, ich bin gewachsen«, merkte Fecyre an, als hätte sie Trinas Gedanken gehört, und schmiegte ihren Kopf in deren Ellenbeuge. »Und ich habe mich umgesehen. Eine Hirschkuh liegt nicht weit von hier. Gehe ich recht in der Annahme, dass es dein Pfeil war?«

Trinas betretenes Nicken wurde vom Grummeln ihres Magens untermalt.

»Du hast sie gefunden? Sie ist tot, nicht wahr?«

Voller schlechtem Gewissen klammerte sich Trina an diese letzte kleine Hoffnung, dass das Tier die Nacht überlebt hatte. Obwohl sie ganz genau wusste, wie verschwindend gering die Wahrscheinlichkeit war. Und sie sich gleichzeitig wünschte, die Leiden des armen Tieres wären beendet. Mit dem Finger strich sie über die hauchdünne Linie, die sich anstelle der klaffenden Wunde über ihren Fuß zog.

Nur zu gut konnte Trina nachvollziehen, wie sehr die Hirschkuh sich gequält haben musste.

»Ja, die Wölfe«, sagte Fecyre, stupste sie mit dem Kopf an und erhob sich geschmeidig.

»Ich danke dir so sehr, dass du mich geheilt hast«, sagte Trina und stand ebenfalls auf.

»Sehr gern.« Fecyre blinzelte und rieb ihren Kopf an ihrer Wade. »Danke, dass du mich ausgebrütet hast«, schnurrte sie dabei und sah dann zu Trina auf. »Und jetzt hol dir ein Stück Fleisch, sonst kommen die Wölfe zurück und fressen weiter!«

Trina griff nach der Klinge, die die ganze Nacht in Reichweite neben ihr gelegen hatte. Ob sie im Ernstfall wirklich aufgewacht und kampfbereit gewesen wäre, wollte sie jetzt nicht durchdenken. Aber auch, wenn die Wölfe sie um ihre Trophäe gebracht hatten, so lebte sie wenigstens noch, weil die Raubtiere sich an anderer Beute satt gefressen hatten. Die letzten Stunden hatten ihr gezeigt, wie leicht der Faden des Lebens reißen konnte und wie glücklich sie sich schätzen musste. Sie steckte den Dolch in die Scheide an ihrem Gürtel und schlüpfte auf einem Bein hopsend in ihren Stiefel.

Die aufkeimende Bitterkeit konnte sie jedoch trotz aller Dankbarkeit und Demut nicht hinunterschlucken. Die Prüfung. Trina ballte die Hand zur Faust. Was brachte es, zu überleben, wenn sie am Ende doch scheitern würde? Mit einem lang gezogenen Seufzen richtete sie sich auf und versuchte, die flimmernden, tanzenden Punkte vor ihren Augen und das hohle, verbrannte Gefühl im Magen zu ignorieren. Sie musste etwas essen, sonst wäre nicht nur die Prüfung, sondern auch ihre Chance, zu überleben, verloren. Sie hielt sich am Felsen fest, bis der schlimmste Schwindel vorbei war, und deutete vage.

»In diese Richtung?«

»Ja«, gab Fecyre lang gezogen zurück. »Muss ich mir Sorgen um dich machen?«, fragte sie, während sie Trina forschend betrachtete.

»Nein.« Trina wagte ein zögerndes Lächeln. »Ich muss nur etwas essen«, gab sie zurück.

»Mhm«, machte die Drachin wenig überzeugt. »Dann halt dich an die große Weide, von dort ist es nur noch ein kleines Stück.«

Trina beugte sich zu ihrem Beutel hinunter. Während sie die Finger im Stoff vergrub, sah sie das schwarze Tier durchdringend an.

»Warum fressen die Wölfe eigentlich nicht weiter?«, fragte sie angespannt.

»Weil ich sie verscheucht habe«, antwortete die Drachin.

»Du?« Trina war verwundert.

Grinst sie etwa?

Fecyre grinste in der Tat, doch dann fletschte sie die Zähne. Scharfkantig und spitz blitzte das Gebiss, ein tiefes Grollen kam aus der Kehle des Tieres. Aus den Pfoten schoben sich lange, messerscharfe Krallen. Und als sie einen Satz auf Trina zumachte, spannte sie ihre Flügel auf und fauchte bedrohlich.

Trina wich zwei Schritte zurück.

Fecyre lachte hell, ein Geräusch wie Regentropfen auf einem windstillen Weiher, und zog ihre Krallen wieder ein.

»Keine Sorge, Trina! Dir würde ich nie etwas zuleide tun!«

Ernst sah Fecyre sie an. »Niemals. Du bist meine Familie.«

Das traf sie unvermittelt mit unermesslicher Wucht mitten ins Herz.

»Familie«, wisperte Trina und versuchte, den Knoten in ihrem Magen zu ignorieren. Familie.

»*Was ist mit dir?*«, fragte das Drachenmädchen sanft in ihren Gedanken.

Doch der Knoten zurrte sich nur fester. Trinas Knie gaben nach, mit brennenden Augen und brennender Brust sank sie in sich zusammen. Verzweifelt atmete sie tief ein, konnte die Tränen jedoch nicht zurückhalten. Die Bilder der Leichen tauchten vor ihrem inneren Auge auf. Die blutleeren Lippen ihrer Mutter, der starre Blick in den so liebevollen Augen. Die gerade erst ergrauenden Haare klebten an den Schläfen ihres Vaters. Trina spürte die kalten Wangen ihrer geliebten Eltern unter ihren Fingern, als wäre es gestern gewesen.

»Doch es ist fünf Jahre her«, sagte sie gequält.

»Was ist ihnen zugestoßen?« Fecyre schmiegte sich an Trina.

»Mutter war schwanger«, brachte sie mühsam hervor, holte dann tief Luft und unterdrückte das Zittern ihrer Lippen. »Ein Berater des Königs hat zuerst meine Mutter angegriffen. Vater kam dazu. Sie kämpften. Und starben alle drei.« Heiser presste sie die letzten Worte hervor, denn die Schuld erstickte sie beinahe.

Sie war zu spät in den Garten gekommen.

Ganz tief vergraben in ihrem Innersten wusste Trina, dass ihre Schuldgefühle keinen Sinn ergaben. Sie wusste, wäre sie früher dort gewesen, hätte sie selbst nicht überlebt. Doch dieser Gedanke war kein Trost. Stattdessen klammerte sie sich an die Vorstellung, dass ihre Eltern vielleicht noch leben könnten, wenn sie rechtzeitig da gewesen wäre. Dieses Schuldgefühl war alles, was sie noch hatte. Es loszulassen ... fühlte sich an, als würde sie auch ihre Eltern loslassen. Und das konnte sie einfach nicht.

Das unterdrückte Schluchzen brach aus ihr heraus, aber Fecyre blieb bei Trina, während sie ihrer Trauer nachgab, ihr Leid herausschrie und weinte, bis ihre Tränen versiegt waren.

Geduldig schnurrte die Drachin auf ihrem Schoß. Als Trina wieder regelmäßig atmete, gähnte das Tier und reckte sich.

»Was tust du hier draußen, Königstochter?«, fragte Fecyre, während Trina eine halbwegs saubere Stelle an ihrem Ärmel suchte, um die Nase abzuwischen.

Trina räusperte sich. Ihre Stimme war brüchig, aber fest genug, um zu sprechen.

»Der Rat des Königs hat nach seinem Tod das Land verwaltet, die Clans im Namen und Gedenken des einstigen Herrschers regiert. Die Tradition besagt, dass sich fünf Jahre nach dem Tod des Königs jeder Ashturier, der glaubt, würdig zu sein, der Prüfung und dem direkten Vergleich mit den Rivalen stellen und sich somit dem Willen der Götter unterwerfen kann. Ich bin das einzige Mädchen, das teilnimmt.« Das schmeckte alles so bitter auf ihrer Zunge. »Als Tochter des Königs, als Vendorey, darf ich mich als einzige Frau der Prüfung stellen. Die Jägerinnen und Krieger haben mich ausgebildet, mich vorbereitet, wie sie es bei meinem Vater schon taten.« Die Enttäuschung, die sie denen bereiten würde, die alles getan hatten, damit sie als künftige Königin heimkehrte, schnürte ihr die Kehle zu. »Aber ich habe versagt«, murmelte sie leise.

»Ach ja?« Überrascht legte die Drachin den Kopf schief. »Du lebst. Wie solltest du versagt haben?«

Hilflos deutete Trina in die Weite des Waldes.

»Ja, ich habe überlebt. Ich habe mich neun Tage in der abgeschiedenen Einsamkeit durchgeschlagen. Aber ich kann keine Trophäe vorlegen. Die Wölfe haben die Hirschkuh angefressen. Niemand wird mir glauben, dass ich sie erlegt habe.«

»Du musst ein Tier erlegen?«, fragte Fecyre.

»Nein. Nicht zwangsläufig«, antwortete Trina und strich sich eine vor Schmutz starrende Haarsträhne aus dem Gesicht. »Mein Vater fing einen Falken ein. Am Tag meiner Geburt ließ er ihn wieder frei, um den Göttern eine ungezähmte Seele zurückzugeben, im Tausch für meine. So erzählte er es mir immer.« Niedergeschlagen ließ sie die Schultern hängen. »Ich habe noch zwei Tage, heute und morgen, um eine Trophäe nach Hause zu bringen. Aber Tiere, die geeignet wären, sind zu dieser Jahreszeit rar in diesen Wäldern. Der Hirschkuh lief ich zufällig über den Weg, zuvor konnte ich tagelang nur Eichhörnchen oder Singvögel aufstöbern. Und ein Wolf?« Sie schüttelte den Kopf. »Nie im Leben ohne die richtigen Waffen.«

Fecyre knetete mit ihren Pfoten Trinas Oberschenkel, wie es Katzen tun, wenn sie sich wohlfühlen.

»Das wilde Tier muss also nicht tot sein?«

Als Trina den Kopf schüttelte, begann die Drachin erneut zu schnurren.

»Du hast noch zwei Tage, um zurückzukehren?«

Nun nickte Trina.

»Und wenn du früher kommst?«

»Wie denn? Ich kann nicht ...«

»Was ist«, unterbrach die Drachin sie mit stoischer Geduld, »wenn du früher zurückkehrst? Wird es zu deinen Gunsten ausgelegt?«

»Natürlich. Wenn ich mit einem wilden Tier zurückkomme – das ich nicht habe – und die anderen haben länger gebraucht, zählt das zu meinem Vorteil.«

Fecyre sprang so plötzlich auf, dass Trina erschrak.

»Worauf wartest du noch? Wo müssen wir hin? Ist es weit?«

»Was? Ich verstehe nicht.«

Verwundert sah sie die Drachin an. Doch dann dämmerte es ihr und sie sog scharf die Luft ein. Ihre Gedanken überschlugen sich kurz, ordneten sich und ergaben ein klares Bild. Schlagartig fasste Trina neuen Mut und drückte entschlossen den Rücken durch. Ernst blickte sie dem schwarzen Tier in die grünen Augen.

»Fecyre, willst du meine Trophäe sein? Bitte? Ich schwöre, dir wird nichts passieren! Jeder, der sich der Prüfung stellt, entscheidet selbst, was mit seiner Trophäe geschieht.«

Fecyre fing ihren Blick ein und einen Moment lang schien die Welt um sie herum stillzustehen. Dann verzog die Drachin die Lippen zu einem Lächeln und antwortete feierlich:

»Unser Schicksal ist eins und ich kenne dein Herz. Ja, ich will deine Trophäe sein.«

Trina traten Tränen in die Augen, als sie Fecyre behutsam an sich drückte. »Ich danke dir«, flüsterte sie ihr erleichtert ins Ohr.

Unbeholfen streckte die Drachin ihre Schwingen, doch dann schmiegte sie sich in Trinas Arme und seufzte zufrieden. Ihre Wärme und Nähe gaben Trina neuen Mut. Nach einer Weile lösten sie sich voneinander und Trina wischte sich mit dem Handrücken über das nasse Gesicht, bevor sie mühsam auf die Füße kam.

»Hier draußen, in diesem Gebiet, war ich, glaube ich, noch nie. Ich kann nur meinem Weg zurück folgen. Das wird dauern, denn ich bin entkräftet. Aber ich will es versuchen.« Ein Funke Tatendrang entflammte ihr Herz. »Ich hole uns ein Stück Fleisch«, sagte sie und brach ein paar Zweige ab. »Aber zuerst muss ich Feuer machen, roh bringe ich es nicht hinunter.«

Ungeduldig tapste die Drachin umher.

»Geh schon, ich kümmere mich um das Feuer.«

»Ich werde genug für uns beide mitbringen.«

Fecyre schüttelte den Kopf.

»Nein danke, ich brauche nichts.«

Mit einem kräftigen Ruck zerbrach Trina noch einen langen Ast über dem Knie und warf die Stücke in die Asche.

Und bevor sie etwas sagen konnte, holte Fecyre tief Luft und entzündete mit ihrem Feueratem das Holz. Ungläubig starrte Trina auf die lodernden Flammen.

»Geh schon, beeil dich!«, drängte die Drachin und spie erneut Feuer.

Nachdem sie ein paar Stücke Fleisch gebraten und gegessen hatte, machten sie sich auf den Weg.

Trina lief, nicht allzu schnell, aber beständig. Fecyre huschte durch das Unterholz, kaum zu sehen in den Schatten.

Als die Drachin zurückzufallen drohte, nahm Trina das Tier auf und lief mit der zusätzlichen Last weiter.

Ihre Beine waren taub, ihre Lunge brannte wie Feuer, sie war nass geschwitzt und müde. Doch Trina rannte.

Von weitem sahen sie die Feuer des großen Lagers in der Dunkelheit der Nacht. Auf diesen hellen Schein zwischen den Bäumen lief Trina zu.

Fecyre hatte sie zwischendurch immer wieder getragen, jetzt ließ sie die Drachin von ihrem Rücken rutschen.

»Du bist aber schon wieder ganz schön gewachsen«, brachte Trina keuchend hervor und wischte sich den Schweiß von der Stirn. Fecyre war nun so groß wie ein Jagdhund.

»Du hast mir die Gelegenheit gegeben, mich zu erholen«, erwiderte sie, Dankbarkeit schwang in ihrer Stimme mit. »Obwohl du dadurch langsamer vorangekommen bist.«

Ohne das zusätzliche Gewicht fühlte sich Trina tatsächlich leichter, fast so, als könnte sie fliegen. Zumindest wenn sie nicht so unsagbar erschöpft gewesen wäre. Sie stützte sich an einem Baumstamm ab und wartete ungeduldig, dass ihr Atem sich beruhigte.

»Dort drüben steht ein Wächter, ich kann ihn wittern«, zischte die Drachin.

»Wir stehen gegen den Wind, sonst hätten die Hunde schon gebellt.«

»Stimmt, sie hätten dich gerochen«, sagte Fecyre mit schräg gelegtem Kopf. »Du willst so ankommen?«

Wieder klopfte Trina den getrockneten Matsch aus ihrer Kleidung. Sie sah fürchterlich aus.

»Es wird wohl nicht anders gehen. Wir müssten das Lager umrunden, um den See zu erreichen. Aber ich will keinen weiteren Augenblick vergeuden.«

Matt stieß sie sich vom Baumstamm ab und stieg über große Wurzeln hinweg.

»Geh voran, ich folge dir«, versicherte Fecyre.

Trina räusperte sich und machte so den Posten auf sich aufmerksam. Sein Kopf zuckte zu ihr herum.

»Erschreck dich nicht«, sagte sie schnell. »Ich bins, Trina vom Clan der Connens.«

Die Wache nickte und stieß ins Horn. Dumpf dröhnte es in der Nacht und echote in Trinas Brustkorb. Falls bereits alle zurückgekehrt waren, würde sie jetzt erfahren, ob sie oder ein anderer die Prüfung für sich entscheiden konnte.

Ihre Beine gaben vor Erschöpfung fast nach, aber sie zwang sich, zielstrebig auf das Feuer in der Mitte des Lagers zuzuhalten. In gebührendem Abstand zueinander waren fünf große Zelte aufgeschlagen, eines für jeden Clan des Königreiches. Ihre Silhouetten zeichneten sich gegen den Nachthimmel ab und der milde Schein der Fackeln an ihren Eingängen ließ sie wie erwartungsvolle Beobachter wirken. Dahinter lagen unzählige Zelte, einige kleiner, andere größer, aber allesamt still und dunkel.

Nun jedoch kam Leben ins Lager, Zeltplanen wurden zur Seite geschoben, Menschen entzündeten Fackeln und suchten die Umgebung ab, einzelne Stimmen erhoben sich.

Trina hörte, wie ihr Name geraunt wurde.

Die Jägerin ihres Clans kam mit schnellen Schritten unter dem Zeltdach hervor. Mit einem Mal fühlte sich Trina noch ein wenig mehr angekommen. Alwa lächelte erleichtert und legte eine Hand auf ihre Brust, bevor sie eine fragende Geste zu Trinas Aufzug machte.

Mit einem entschuldigenden Schulterzucken nahm Trina vor dem Lagerfeuer Haltung an, wie sie es gelernt hatte.

Um den weiten Steinkreis mit dem Feuer in der Mitte scharten sich die Clanleute. Krieger, Jägerinnen, Bauern, Kaufleute, Männer und Frauen jeden Alters. Alle Augen waren auf sie gerichtet.

Obwohl die Erschöpfung sie bleischwer zu Boden zu drücken versuchte, kämpfte sie tapfer dagegen an. Trina war regelrecht dankbar um die Aufregung, denn die Anspannung hielt sie auf den Beinen.

Doch wo war Fecyre?

»Ich bin hinter dir, du brauchst dich nicht umzudrehen«, erklang die sanfte Stimme in ihrem Kopf und ließ Trina müde lächeln.

Ein Mann schob sich durch die Zuschauer und trat vor.

Verdammt! Trinas Magen zog sich zusammen, ihr Lächeln erstarb. Dieser Mann war ihr schärfster Konkurrent. Perk, der Bruder des Mörders ihrer Familie. Auch wenn er nicht für die Taten seines Bruders verantwortlich war, so hatte er niemals Bedauern deshalb gezeigt. Sie kniff die Lippen zusammen und hielt seinem Starren stand, ohne die Augen abzuwenden.

Perk baute sich breitbeinig auf und stemmte die Hände in die Hüften. Mit einem selbstgefälligen Grinsen ließ er seinen Blick über Trina wandern.

»Was will das kleine Mädchen hier?«, fragte er in die Runde. »Seht, sie hat im Schlamm gespielt und kommt deswegen zu spät zum Essen«, verhöhnte er Trina und lachte. Viel zu laut und als Einziger.

Trina ballte die Hände zu Fäusten und biss die Zähne aufeinander.

»Bleib ruhig«, besänftigte Fecyre sie.

Wulff drängte die Ashturier beiseite, sofort machte man ihm Platz. Er war der Mund des Königs und somit das Oberhaupt des Rates des Königs. Wie gut es tat, ihn zu sehen.

»Trina, du lebst«, sagte der Hüne erleichtert, während er auf sie zutrat. Seine Freude versteckte er nicht. Doch das ungewohnte Lächeln auf dem Gesicht des Kriegers verblich viel zu schnell. »Die Leichen der anderen haben wir bereits vor Tagen gefunden«, erklärte er betreten. »Nur ihr zwei seid übrig.«

Trinas Kehle wurde eng, ihr Blick zuckte zu Perk. Sie traute ihm zu, dass er die anderen Männer getötet hatte.

»Sie? Ha, dass ich nicht lache«, plusterte sich Perk auf.

»Still!«, fuhr der Mund des Königs ihn an und fragte Trina dann besorgt: »Wo ist deine Trophäe, Trina vom Clan der Connens?«

Noch bevor sie antworten konnte, stürmte Perk auf sie zu. Wulff hielt ihn mit ausgestrecktem Arm zurück.

»Sie hat keine, das sieht man ja!«, rief Perk in die Zuschauermenge. »Ich habe einen Keiler erlegt, ihr habt heute Mittag alle davon gegessen.«

Einige Umstehende nickten anerkennend.

»Sag, was du zu sagen hast, Vendorey«, bat Fecyre in ihren Gedanken und erinnerte sie mit diesem Wort daran, warum sie hier war. Warum sie zur Prüfung angetreten war. Also holte Trina tief Luft und erhob ihre Stimme.

»Ihr alle kanntet meinen Vater. Er war euch ein guter und gerechter König und mir der beste Vater, den ein Kind sich wünschen kann.« Zitternd drängte sie die Tränen zurück und atmete noch einmal tief durch. »Ich bin meines Vaters Tochter und trat als Vendorey zur Prüfung an. Und jetzt stehe ich vor euch, um mein Recht einzufordern. Ja, ich *habe* ein wildes Tier erlegt. Doch nur, um mich und meine Trophäe zu ernähren.«

Das war geflunkert, aber verfehlte seine Wirkung nicht. Alle Ashturier sahen sie gebannt an, niemandem schien der Schatten aufzufallen, der lautlos an ihrem Bein vorbeikroch. Als Fecyre sich direkt vor Trina aufrichtete, ging ein erstauntes, ungläubiges Raunen durch die Menge. Perk machte einen halben Schritt zurück, die Farbe wich aus seinem Gesicht. Mit aufgerissenen Augen ballte er die zitternden Hände zu Fäusten.

Seine Angst erfüllte Trina mit Genugtuung.

»Das ... das ist ...«, stotterte er.

»Das ist eindeutig ein *Drache*«, unterbrach Fecyre mit einem tiefen, bedrohlichen Grollen in der Stimme, das die Luft zwischen ihnen erzittern ließ.

Sie reckte sich zu voller Größe, ihre Schuppen glänzten im Flackerlicht der Flammen und mit einer majestätischen Bewegung breitete sie ihre Flügel aus.

Perk taumelte zurück, stolperte und fiel zu Boden. Seine Hände gruben sich in die Erde, während er keuchend nach Atem rang. Panisch stoben die Ashturier auseinander, Schreie gellten durch die Luft.

Trina blieb ruhig stehen, ihre Augen fest auf Perk gerichtet. In ihrem Inneren loderte eine dunkle Befriedigung.

»Ruhe!« Wulff stand stoisch und unerschütterlich neben den anderen Beratern.

Die Männer aus den Clans umklammerten zwar ihre Waffen und auch ihre Gesichter waren starr vor Angst, aber keiner von ihnen wich zurück. Langsam kamen die Zuschauer wieder näher, mit zögernden Schritten und vor Staunen offen stehenden Mündern gafften sie ungeniert.

»Beugt euer Knie vor unserer Königin«, verlangte der Mund des Königs und sank selbst zu Boden.

Trinas Herzschlag hämmerte unaufhörlich in ihren Ohren.

Sie hatte es geschafft. Die Erschöpfung ließ ihre Knie unter dem Gewicht des Augenblickes zittern. Tastend streckte sie die Hand nach Fecyre aus, die Drachin gab ihr Halt und Sicherheit.

»*Siehst du?*«, erklang ihre Stimme sanft in Trinas Gedanken.

Perk hatte die Hände wieder zu Fäusten geballt, während er zwischen der Drachin und dem Mädchen hin- und hersah.

»Nein!«, flüsterte er, schüttelte den Kopf und rappelte sich auf. »Nein!« Mit jedem Wort wurde er lauter. »Nein! *Dafür* haben wir es nicht getan!«

Mit hoch erhobener Klinge stürmte Perk auf sie zu. Ihre Hand schnellte an ihre Seite und sie riss den Dolch aus der Scheide. Doch Fecyre fing Perk bereits ab und sprang an ihm hoch, ihr Knurren vermischte sich mit seinen gurgelnden Schreien.

»Bitte, lass ihn«, schritt Trina sofort ein und trat beiseite, als die Drachin von dem wimmernden Mann abließ. Ein Blick genügte ihr.

Fecyres Fänge hatten tiefe Wunden an Perks Schwerthand hinterlassen, auch aus einigen Bissen an Hals und Brustkorb blutete er. Wie angewurzelt blieben die Clanleute stehen, andere verharrten kniend.

»Alwa, er braucht Hilfe.« Trinas Stimme zitterte. »Eine Jägerin!«, rief sie fester nach den Heilerinnen.

Wulff beobachtete nervös Fecyre, die sich die Schnauze mit den Pfoten säuberte. Dann umrundete er den stöhnenden Verletzten und stieß Perks Dolch mit der Stiefelspitze beiseite. Dabei hielt er sicheren Abstand zu der Drachin, bevor er schließlich an Trina herantrat.

Während sich zwei Jägerinnen neben Perk knieten, sagte Wulff mit ruhiger, aber kalter Stimme: »Er hat versucht, dich zu töten. Du könntest ihn dem Tod überlassen.«

Kurz zögerten die beiden Frauen. Doch Trina schüttelte vehement den Kopf.

»Nein«, erwiderte sie heiser.

Sofort arbeiteten die Jägerinnen mit präzisen Handgriffen weiter.

»Nein. So wird es nicht sein, wenn ich ...« Sie brach ab und holte tief Luft. Trina war sich sicher, dass alle um sie herum hören konnten, wie ihr Herz gegen die Rippen trommelte. Ihr Mund war plötzlich ausgetrocknet und sie fand einfach nicht die richtigen Worte.

Seit dem Tod ihrer Eltern hatte sie auf diesen Moment hingearbeitet, sich an der Hoffnung festgeklammert und sie gleichzeitig niemals richtig zugelassen. Aber jetzt brauchte sie keine Angst mehr haben, zu versagen und zu enttäuschen und vielleicht daran zu zerbrechen.

Fecyre schmiegte sich an ihre zitternde Hand und setzte sich an ihre Seite. Die Berührung der Schuppen war ein stilles Versprechen von Geborgenheit und Stärke.

Das hier war nicht länger ein unerreichbar scheinender Traum.

»Du bist Königin«, sagte die Drachin sanft.

Trina riss den Blick von Perk los und sah Wulff hilfesuchend an. Die Sicherheit, die sie selbst gerade nicht in sich fand, erhoffte sie sich in seinem Gesicht. Ein Lächeln umspielte die Lippen des Kriegers, dann nickte er voller Stolz.

»So spricht eine gerechte Königin«, sagte er zu den Ashturiern.

Manche von ihnen nickten zustimmend und zufrieden, andere beugten ihr Knie erst jetzt. Trinas Kehle wurde eng und ihre Augen brannten.

»Königin Trina!« Wulffs Stimme durchdrang die Nacht mit einer Klarheit, die keinen Zweifel ließ.

»Lang lebe die Königin!« Die Antwort der Ashturier brach wie eine Welle über sie herein, laut und voller Kraft.

Trinas Knie zitterten erneut, doch nicht nur aus Erschöpfung. Es war die Last all dessen, was sie durchlebt und erkämpft hatte. Jahre voller Mühen und Schmerz, die sich in diesem einen alles verändernden Moment verdichteten und für immer in ihr Herz brannten. Tränen der Erleichterung, des Stolzes und der überwältigenden Rührung tropften von ihrem Kinn, warm und unaufhaltsam.

Sie spürte, wie Fecyres Kopf fester gegen ihre Seite drückte, um ihr zu versichern, dass sie nicht träumte.

Trina lächelte.

Im Schein des Lagerfeuers blitzte das Messer.

Ihr Körper zuckte und es dauerte einen Moment, bis Trina erkannte, dass sie geträumt hatte.

»Nur ein Albtraum«, versuchte sie, sich murmelnd zu beruhigen.

Doch ihr Herz pochte weiterhin wild, also atmete sie tief durch und setzte sich auf. Durch die offenen Klappen des Clanzeltes fiel ihr Blick hinaus in die Nacht. Friedlich und still lag sie über dem Lager und hatte keine Ahnung von dem Aufruhr in ihrem Inneren.

Wie ein Schatten kroch die Erinnerung an den Traum durch ihre Gedanken.

Er hat mich angegriffen. Vor dem Rat des Königs, vor aller Augen. Perk hatte sie töten wollen. *Und ich habe viel zu langsam reagiert!,* schalt sie sich. *Wenn Fecyre sich nicht auf ihn gestürzt hätte, dann hätte er mich gestern vielleicht umgebracht. Ich wäre tot. So wie meine Eltern.*

Mit einem Schaudern zog sie die Decke über die Schultern und strich der Drachin über die Schuppen am Kinn. Fecyre brummte leise im Schlaf und schmiegte sich an Trina.

Aber trotz des gleichmäßigen Atmens konnte sie nicht mehr einschlafen.

Der erste Vogel erwachte und sein Zwitschern wurde vom leisen Wind zu ihr getragen. Trina lauschte einen Moment, bevor sie entschied, dass sie diesen besonderen Tag nicht im Lager beginnen wollte.

Vorsichtig schob sie sich unter der Decke hervor, doch Fecyre öffnete die Augen, wach und aufmerksam, als hätte sie nur darauf gewartet.

»Ich möchte nach draußen«, wisperte Trina und die Drachin schob verschmust ihre Schnauze unter Trinas Arm, während die in ihre Stiefel schlüpfte.

Alwas Stute kannte Trina gut. Bereitwillig ließ sie sich von ihr das Zaumzeug anlegen und von der provisorischen Koppel führen. Als die Stute die Drachin sah, prustete sie flach, schien die Anwesenheit der ungewöhnlichen Begleitung jedoch hinzunehmen.

»Sie denkt wohl, du wärst ein Hund«, vermutete Trina mit einem breiten Grinsen, kletterte auf einen Baumstumpf und stieg von dort aus auf den Pferderücken. Ganz selbstverständlich sprang die Drachin zu ihr herauf, das Pferd zuckte nur kurz und wandte neugierig den Kopf.

Mit Fecyre vor sich lenkte Trina die Stute auf einen Weg, der sich in die Hügel hinaufschlängelte.

Trina drängte das Pferd so weit voran, wie der schmale Pfad es zuließ, sie wollte den Sonnenaufgang vom höchsten Punkt der Hügelkette aus sehen. Doch irgendwann endete der Pfad und sie hatte keine andere Wahl, als den Rest des Weges zu Fuß zurückzulegen.

Eilig stieg sie ab, das Ziehen in ihren Muskeln erinnerte sie an die überaus anstrengenden Tage der Prüfung. Fecyre sprang leichtfüßig vom Pferderücken und blieb an ihrer Seite, während Trina den letzten Anstieg in Angriff nahm.

Sie beeilte sich und atmete schwer. Fecyre folgte ihr schweigend, die Drachin bewegte sich geschmeidig und sicher über das unebene Terrain. Immer wieder sah sie Trina aufmerksam an, steckte dann und wann ihre Schnauze in ihre Hand oder strich um ihre Beine. Es war, als spürte sie, dass Trina einem Ziehen nachgab, dem sie sich lange verweigert hatte.

Der Himmel verlor das dunkle Blau und der Tag färbte den Osten in sanften Farben, als sie den höchsten Punkt der Hügelkette erreichten.

»Hier war ich schon einmal«, sagte Trina und spürte, wie ihr Herz sich zusammenzog. »Mit meinem Vater«, murmelte sie mit tränenerstickter Stimme.

»Das ist Ashturia«, hatte er feierlich gesagt. Damals, als er König war. Damals, als sein Lächeln das Leben selbst widerspiegelte. Zitternd holte sie Atem, auch die Erinnerung war so lebendig, dass es schmerzte.

Trina setzte sich auf einen Stein und ließ den Blick über die bewaldeten Hügel gleiten, die sich im morgendlichen Dunst abzeichneten. Sanft fielen sie ab, bis sie in der Ferne die große Ebene erreichten, wo die ungezähmten Pferde liefen. Ihr Blick folgte dem Lauf des Flusses, an dessen Ufern sie die vertrauten Umrisse von Aheret ausmachen konnte.

Der Anblick hatte sich nicht verändert, doch für sie fühlte sich alles anders an.

Die Verantwortung, die Hoffnungen ihres Volkes, das Vermächtnis ihrer Eltern und der Wunsch, die Narben der Vergangenheit zu überwinden, lasteten schwer auf ihr, und dennoch verspürte sie etwas Neues. Eine Kraft, die sie tief in ihrem Inneren fand.

»Ich habe es geschafft, Vater«, flüsterte sie. Ihre Stimme bebte, doch sie gewann mit jedem Wort an Festigkeit. »Ich werde dein Andenken bewahren. Ich bin angekommen. Hier gehöre ich hin. Heute ist der erste Tag. Dies ist mein Land.«

Fecyre schob sich an Trina und schnupperte an ihren Tränen.

»Guten Morgen, Königin Trina von Ashturia«, sagte sie, ihre Stimme von sanftem Stolz erfüllt.

Gerührt legte Trina die Hand auf Fecyres schimmernde Schuppen und fühlte die Wärme, die von ihr ausging. Ein Lächeln huschte über ihre Lippen. Mit Fecyre an ihrer Seite konnte sie alles schaffen.

Danksagung

Manchmal beginnt eine Geschichte nicht mit einem großen Plan, sondern mit einem kleinen Funken.

So war es, als ich Trina kennenlernte. Nur eine Kurzgeschichte und doch war sie der Anfang.

Trina wurde zu einer Freundin und hat gemeinsam mit Fecyre in meinem Herzen ihr Für-immer-Zuhause gefunden.

Doch Trina und Fecyre hätten es ohne ein starkes Team niemals aus meinem Kopf und auf diese Seiten geschafft. Deshalb möchte ich Danke sagen:

An meine Familie, die nicht nur das Chaos rund um das Schreiben mit Humor trägt, sondern mich immer und überall unterstützt – ihr seid die Besten!

Leslie, meiner Autoren-BFF, die stets ehrlich und trotzdem motivierend ist und mich daran erinnert, dass Freundschaft manchmal Umwege macht, aber nie ihr Ziel verliert.

Sandra und Daniela, meinen brillanten Testleserinnen, die mit ihrem scharfen Blick und wertvollen Feedback das Beste aus der Geschichte herausholen.

Katharina, einer wahren Künstlerin. Mit ihren Covern hat sie Ashturia nicht nur ein Gesicht, sondern pure Magie verliehen. Ihre Kreativität lässt diese Welt noch lebendiger erscheinen.

Dank Eljas einzigartigem Gespür für Details und Herzblut als Lektorin und Ashturias Patentante gelang es mir, der Geschichte den letzten Schliff zu verpassen. Ich könnte mir niemand Besseren an meiner Seite vorstellen.

Euch allen gilt mein tiefster Dank. Ihr habt dazu beigetragen, dieses Prequel zu einem besonderen Teil der Ashturia-Serie zu machen.

Ein herzliches Dankeschön gilt auch dir, liebe Leserin, lieber Leser. Ob du Trinas Abenteuer als Einstieg in die Welt von Ashturia erlebst oder bereits Teil ihrer Geschichte bist – ich freue mich, dass du diese Reise mit mir teilst.